हिन्द पॉकेट बुक्स

हथियार वह, जो समय पर काम आए

कहावतें हमेशा बड़ों को ही नहीं बच्चों को भी रस और आनंद से भर देती हैं। इनकी मिठास और शक्ति आपकी लिखाई, आपकी बोलचाल की भाषा को अच्छी-ख़ासी मज़बूती प्रदान करती हैं। ये भाषा का सिंगार हैं, सजावट हैं। तभी तो इन्हें शुरू से ही स्कूलों में पढ़ाया जाता है और अध्यापक इनका वाक्यों में प्रयोग करना भी सिखाते हैं। चुटीली और मुहावरेदार भाषा का कभी कोई तोड़ नहीं होता। इन्हीं हज़ारों-हज़ार कहावतों में से चुनकर इस पुस्तक में कुछ कहावतों के जन्म और विकास की सच्ची कहानियां दी गई हैं।

आइए, पढ़ें हज़ारों साल से चली आ रही कहावतों की कहानियां, मनोरंजन करें और अपना ज्ञान भी बढ़ाएं।

बच्चों और किशोरों के लिए कहावतों की कहानियां

हथियार वह, जो समय पर काम आए

डॉ. प्रताप अनम

हिन्द पॉकेट बुक्स

पेंगुइन रैंडम हाउस इम्प्रिंट

हिन्द पॉकेट बुक्स

यूएसए | कनाडा | यूके | आयरलैंड | ऑस्ट्रेलिया | सिंगापुर
न्यू ज़ीलैंड | भारत | दक्षिण अफ्रीका | चीन

हिन्द पॉकेट बुक्स, पेंगुइन रैंडम हाउस ग्रुप ऑफ़ कम्पनीज़ का हिस्सा है,
जिसका पता global.penguinrandomhouse.com पर मिलेगा

पेंगुइन रैंडम हाउस इंडिया प्रा. लि.,
चौथी मंजिल, कैपिटल टावर -1, एम जी रोड,
गुड़गांव 122 002, हरियाणा, भारत

पेंगुइन
रैंडम हाउस
इंडिया

प्रथम संस्करण हिन्द पॉकेट बुक्स द्वारा 2011 में प्रकाशित
यह संस्करण हिन्द पॉकेट बुक्स में पेंगुइन रैंडम हाउस द्वारा 2022 में प्रकाशित

10 9 8 7 6 5 4 3 2

इस पुस्तक में व्यक्त विचार लेखक के अपने हैं, जिनका यथासंभव तथ्यात्मक
सत्यापन किया गया है, और इस संबंध में प्रकाशक एवं सहयोगी
प्रकाशक किसी भी रूप में उत्तरदायी नहीं हैं।

ISBN 9789353491789

मुद्रकः रेप्रो इंडिया लिमिटेड

www.penguin.co.in

FSC www.fsc.org MIX Paper from responsible sources FSC® C047271

This is a legitimate digitally printed version of the book and therefore might not
have certain extra finishing on the cover.

अनुक्रम

हथियार वह, जो समय पर काम आए 7

कम खाओ और ग़म खाओ 10

या जागे जिसके घर सांप, या जागे बेटी का बाप 13

दीवार को खाए आला, घर को खाए साला 16

मैं आपका सेवक हूं, बैंगनों का नहीं 19

चोर चोरी से जाए, हेराफेरी से न जाए 23

भानमती ने कुनबा जोड़ा 29

सुखी रहो जिजमान, हिये की दोनों फूटें 32

रोज़ी है तो रोज़ा है 36

मरी बछिया बामन के सिर 39

कांधे धनुष हाथ में बाना, कहां चले दिल्ली सुल्ताना 43

काम प्यारा है, चाम प्यारा नहीं 47

सब दुर्बल को ही सताते हैं 51

पढ़े फ़ारसी बेचे तेल, यह देखो क़िस्मत के खेल 55

तेली का तेल जले, मशालची का प्राण जले 58

हथियार वह, जो समय पर काम आए

अकबर बादशाह जब प्रसन्न मुद्रा में होते थे, तो कभी-कभी बीरबल से बड़े अटपटे प्रश्न कर दिया करते थे या कभी बीरबल की बुद्धि को परखते रहने के लिए ही कुछ-न-कुछ पूछ लिया करते थे।

एक दिन अकबर बादशाह बीरबल से पूछ बैठे, "बीरबल, सबसे बड़ा हथियार कौन-सा होता है?"

बीरबल ने तुरन्त उत्तर दिया, "जहांपनाह, जो समय पर काम आए।"

अकबर बादशाह ने पूछा कि यह बात कैसे पता चलेगी?

बीरबल ने कहा कि जहांपनाह, ऐसे प्रश्नों के उत्तर के लिए प्रतीक्षा की जाती है। आप उस समय की प्रतीक्षा कीजिए। अकबर बादशाह क्या करते, सुनकर चुप रह गए।

एक बार अकबर बादशाह बीरबल के साथ भ्रमण के लिए निकले। साथ में सिपाही भी थे। चलते-चलते वे एक नगर में पहुंचे। अकबर बादशाह ने देखा कि दूर से एक पागल हाथी चला आ रहा है। महावत उसके पीछे-पीछे चिल्लाता आ रहा था कि बचना, हाथी पागल हो गया है। यह सुनकर अकबर बादशाह और बीरबल चौकन्ने हो गए। अकबर के सिपाहियों ने घेरा बना लिया और सुरक्षा के लिए तैयार हो गए।

इसी बीच अकबर बादशाह ने देखा कि एक आदमी को हाथी ने सामने से घेर लिया है। उसके निकलने का कोई रास्ता नहीं था। उसे कोई तरकीब भी नहीं सूझ पा रही थी। वह उस पागल हाथी का कर भी क्या सकता था? वह निहत्था और अकेला आदमी। अकबर बादशाह और बीरबल भी सोच रहे थे कि वह आदमी बचने वाला नहीं है। अभी यह पागल हाथी उसे मार डालेगा।

अचानक उस आदमी ने देखा कि वहीं पास में एक कुत्ता लेटा है। फुर्ती से उसने कुत्ते की पीछे की टांगें पकड़कर घुमाया और आगे बढ़कर हाथी के माथे पर दे मारा। कुत्ते के चोट लगने पर वह ज़ोर-ज़ोर से कांय-कांय करके चिल्लाया और फिर अपनी जान बचाकर भागा। हाथी पागल तो था ही। वह भी घबरा गया और चिंघाड़कर उल्टे पांवों, जिधर से आया था, उधर ही भाग गया।

यह दृश्य देखकर बीरबल को कुछ दिन पहले अकबर बादशाह द्व ारा पूछा गया प्रश्न याद आ गया। उससे सबसे बड़े हथियार के बारे में पूछा गया था। बीरबल ने अकबर बादशाह की ओर देखा। इस अजूबे दृश्य को देखने के बाद अकबर भी बीरबल की ओर देख रहे थे। उन्होंने

बीरबल की आंखों में एक चमक देखी। अकबर कुछ पूछने वाले ही थे कि बीरबल बोल पड़े, "जहांपनाह, आपको याद है। कुछ दिन पहले आपने एक प्रश्न पूछा था कि सबसे बड़ा हथियार कौन-सा है? और मैंने उत्तर दिया था कि जो समय पर काम आए।"

अकबर बोले, "हां, याद है।"

बीरबल ने कहा, "यह भी याद होगा कि मैंने कहा था कि इसके सबूत के लिए समय की प्रतीक्षा कीजिए।"

अकबर बोले, "हां, यह भी याद है।"

बीरबल ने कहा, "जहांपनाह, वह समय आ गया। आपने देखा कि पागल हाथी के सामने जो आदमी था, उसके पास कोई हथियार नहीं था, लेकिन उस समय उस व्यक्ति के दिमाग़ ने काम किया और कुत्ते को हथियार की तरह इस्तेमाल करके वह सफल हुआ।"

बीरबल की बात सुनकर अकबर बादशाह ने कहा, "ठीक कहते हो बीरबल, सचमुच, 'हथियार वह जो समय पर काम आए'।"

कम खाओ और ग़म खाओ

एक गांव में एक परिवार था। उस परिवार में सब लोग अच्छे थे। प्रेम से बोलते थे और अपने-अपने काम-धन्धे में लगे हुए थे। गांव के ऊंचे परिवारों में वह परिवार गिना जाता था। उनकी रिश्तेदारियां भी अच्छे परिवारों में थीं।

सब-कुछ ठीक होते हुए भी उस परिवार में एक लड़का झगड़ालू था। बचपन से ही उसकी झगड़े की शिकायतें आती रहती थीं। जब वह जवान हुआ, तो भी उसकी लड़ने की आदत छूटी नहीं, बल्कि और अधिक बढ़ती गई। एक लड़के से सारा परिवार परेशान रहने लगा। परिवार के लोग जो किसी को गाली तक नहीं देते थे, उन्हें इसके चक्कर में झगड़ना पड़ता। उन्हें झूठ बोलना पड़ता और उसकी तरफ़दारी करनी पड़ती। यदि बात हाथापाई तक पहुंचती, तो परिवार वालों को अपने बचाव के लिए जूझना पड़ता। चोटें भी आतीं और मुक़दमे भी चलते।

एक बार इतनी ज़ोर से फ़ौजदारी हुई कि परिवार के दो लोग बुरी तरह से घायल हो गए। महीनों चारपाई पर पड़े रहे और इलाज चलता

रहा। एक बार फ़ौजदारी में परिवार का एक सदस्य जान से हाथ धो बैठा। मुक़दमेबाज़ी में परिवार बुरी तरह से पिस गया। बरसों मुक़दमा चला। बाद में राज़ीनामा हो गया। इस फ़ौजदारी के बाद रिश्तेदारों और बुज़ुर्गों ने उस लड़के को बहुत समझाया, लेकिन वह अपनी आदत से मज़बूर था।

एक बार फिर वह झगड़ा कर बैठा। उस समय उसके ऊपर परिवार का अच्छा-ख़ासा बोझ था, फिर भी उसे बिल्कुल परवाह नहीं थी। आख़िर पंचायत बैठाई गई। रिश्तेदारों तथा मोहल्ले वालों ने उसे ख़ूब समझाया। पंचायत में आए एक आदमी ने उसे समझाते हुए कहा, "अब तुम बाल-बच्चे वाले हो गए हो। सारे परिवार का भार तुम्हारे कन्धे पर है। अब ग़ुस्सा करना और लड़ना-झगड़ना छोड़ देना चाहिए। नहीं तो बर्बाद हो जाओगे।"

दूसरे आदमी ने कहा, "भैया, ग़ुस्सा ठीक भोजन की तरह होता है। लोगों का कहना है कि भोजन कम करना चाहिए। इससे बदहज़मी नहीं होती और आदमी बीमार भी नहीं पड़ता। वह तो हमेशा अधिक

खाने से बीमार पड़ता है। कम खाने का मेरा मतलब यह नहीं है कि इतना कम खाओ कि कमज़ोर हो जाओ। इसी तरह ग़ुस्सा भी कम खाओ। ग़म ठीक इसके उल्टा होता है। ग़म जितना अधिक खाओगे, ग़ुस्सा उतना कम आएगा। ग़म इतना अधिक खाओ कि ग़ुस्सा न आए। ग़ुस्सा नहीं आएगा, तो झगड़े ही नहीं होंगे। हां, इतना ग़म खाने का मेरा मतलब यह बिल्कुल नहीं है कि कोई सिर पर सवार हो जाए और मारता-पीटता चला जाए। कहते हैं कि मरता क्या न करता, ऐसी स्थिति में अपने बचाव के लिए लड़ना भी पड़ता है।"

सरपंच ने कहा, "ठीक कहते हो भैया, इतने अच्छे तरीक़े से और कोई नहीं समझा सकता। अब गांठ बांध लो बेटा, लड़ना ठीक नहीं है।"

पंचायत में बैठे एक बुज़ुर्ग ने कहा, "बेटा, 'कम खाओ और ग़म खाओ', और मस्त रहो।"

बुज़ुर्ग की बात सुनकर सभी लोग हां में सिर हिलाने लगे।

या जागे जिसके घर सांप, या जागे बेटी का बाप

एक मुखिया था। उसकी एक लड़की थी। उसने लड़की को बड़े लाड़-प्यार से पाला और पढ़ाया-लिखाया था। जैसे-जैसे वह बड़ी होती जा रही थी, मुखिया की चिन्ताएं बढ़ती जा रही थीं। जब लड़की विवाह के योग्य हुई, तो मुखिया लड़के की तलाश में घूमने लगे। दस जगह घूमते, तब एक लड़के का पता चलता। उस पर भी लड़के की या लड़के वालों की मांग होती।

तंग आकर मुखिया ने तय किया कि यदि कोई लड़का उसकी बेटी से उन्नीस भी हुआ, तो शादी पक्की कर देगा। मुखिया ने फिर चक्कर लगाने शुरू कर दिए। ऐसे में भी बात नहीं बनी। फिर सोचा, चलो, किसी ग़रीब घर का लड़का ही देखा जाए, उसने फिर घूमना शुरू कर दिया। इस बार भी काम नहीं बना। ग़रीब लोग भी लेन-देन की बातों में उलझे मिले।

लड़की युवा थी, इसलिए आते-जाते उस पर निगाह रखी जाती। मुखिया को कुछ ऊंच-नीच घट जाने का डर हमेशा बना रहता। जब भी मुखिया बाहर जाता, तो अपने घर वालों से विशेष ध्यान रखने के लिए कह जाता। उन्हें यह भी ध्यान रखना पड़ता था कि लड़की को इस बात का मालूम न पड़े कि उस पर निगाह रखी जा रही है।

लड़का न मिलने से मुखिया को नींद नहीं आती थी। रात-रात-भर जागकर वह लड़की के बारे में ही सोचता रहता। सुबह होते-होते मुश्किल से दो-डेढ़ घंटे नींद ले पाता। साथ में पत्नी भी मुखिया के साथ रतजगा करती।

रिश्तेदारियों में मुखिया ही जाता था। जहां भी वह जाता, रिश्तेदार को लेकर आस-पास के गांवों में लड़के देखने चला जाता। एक बार वह अपने साले के लड़के की बारात में गया। वहां तमाम रिश्तेदार आए हुए थे। रात को सोते समय लोगों में लड़के-लड़कियों और रिश्तों की बातें छिड़ गईं। मुखिया ने भी अपनी चिन्ता बताई और यह भी बताया कि अब उसे रात में नींद भी नहीं आती। उसका एक रिश्तेदार बोला, "मुखिया जी, जैसे किसी के घर में सांप आ जाए और वह निकल न पाए, तो समझो उस घर के मुखिया को नींद नहीं आएगी। उसे भय बना रहेगा कि कहीं सांप निकलकर किसी को काट न ले। इसी भय में वह रात-भर जागता रहता है। उसे नींद नहीं आती। इसी प्रकार लड़की वाला भी लड़की की चिन्ता में डूबा रहता है कि लड़की की शादी होगी या नहीं। कहीं कोई ऊंच-नीच न हो जाए। भैया, आपको ही नहीं, जिसकी भी जवान लड़की हो, उसको इसी तरह की बीमारी हो जाती है। वहीं एक बुज़ुर्ग बाबा बैठे थे। मुखिया के रिश्तेदार की बात समाप्त होते ही बोल पड़े, "मुखिया जी, यह तो वही बात हुई, 'या जागे जिसके घर सांप या जागे लड़की का बाप'। कुछ समझे।"

दीवार को खाए आला, घर को खाए साला

तिलक के लड़के की शादी पक्की होने जा रही थी। मोहल्ले के लोग इकट्ठे हो चुके थे। पक्का करने वाले अभी आए नहीं थे। सब लोग उनका इन्तज़ार कर रहे थे। लोग बैठे-बैठे आपस में बातें कर रहे थे। दीनानाथ कह रहा था, "पिछले वर्ष की बरसात तो निकल गई काका अबकी बरसात निकालना बड़ा मुश्किल है।"

शम्भू ने कहा, "क्या बात हो गई भैया?"

दीनानाथ ने फिर कहा, "मकान की दीवार कमज़ोर हो गई है। ऐसा है कि उस दीवार में एक आला है। आले में से एकाध ईंट खिसक गई है। उस दीवार के ऊपर एक छोटा कमरा बना है। लगता है, इस बरसात में कहीं गिर न जाए।" इतना कहकर दीनानाथ चुप हो गया।

रामचरन बोला, "भैया, आले ने तो मेरा चौपट कर दिया। पीछे की

दीवार में बड़ा आला था। पीछे से चोरों ने आले को तोड़कर चोरी कर ली।" इसी प्रकार अपने-अपने मकान, चबूतरा, छत, दीवार के बारे में बातें होती रहीं।

बातें मकान से चलीं, तो रिश्तेदारों पर आ टिकीं। रिश्तेदारों की बातों का सिलसिला शुरू हो गया। कोई कहता कि मेरा जमाई तो कसाई निकला। वैसे ही उसके परिवार वाले निकले। मेरी लड़की को मार डाला। कोई कहता कि मेरा जमाई बहुत अच्छा है। उसने मुझे

बहुत सहयोग दिया। हमारे लड़के तो निकम्मे निकले। इस प्रकार कोई अपने समधी की बात करता, तो कोई ससुर की। बात चलते-चलते सालों पर आ टिकी। एक ने कहा कि मेरा साला हज़ारों में एक है। जब मैं जाता हूं, तो मेरी ख़ूब सेवा करता है। दूसरे ने कहा कि मेरा साला मेरे से कोई मतलब नहीं रखता। दूर-दूर रहता है, ताकि कोई सेवा न करनी पड़े। रामफल बोला कि मेरा साला बेईमान है। उधार लेकर गया, आज तक वापस नहीं किया। शिवचरण ने कहा कि भैया, मेरे साले ने तो मेरी ऐसी-तैसी कर रखी है। जब से मेरे यहां रहने लगा है, तब से मेरा पैसा पानी की तरह बहने लगा है। अगर कुछ कहो तो पत्नी नाराज़ हो जाती है। मेरी समझ में तो कुछ नहीं आता भैया।

एक आदमी बोला कि तुम क्या कर सकते हो। तुम तो अपनी पत्नी के ग़ुलाम हो। इतना सुनते ही शिवचरण तुनक गया। इन सबकी सुनकर काका बोले, "अरे, भई इसमें बुरा मानने की क्या बात है। असल बात यह है कि 'दीवार को खाए आला, घर को खाए साला'।"

सब लोग कहने लगे कि ठीक कहा काका तुमने।

मैं आपका सेवक हूं, बैंगनों का नहीं

एक नगर में एक सेठ था। उसने नवाबों की देखा-देखी अपने यहां एक रसोइया रख लिया। रसोइया सेठ के लिए बढ़िया-बढ़िया भोजन बनाता और सेठ उसके भोजन बनाने की कला से ख़ुश रहता।

रसोइया अधिकतर खाना बनाने से पहले सेठ जी से पूछ लेता था। कभी सेठ जी अपनी तरफ़ से बताकर रसोइये की राय लेते थे। रसोई में क्या-क्या बनाया जाए, यह जानने के लिए एक दिन रसोइया सेठ के पास खड़ा था। सेठ जी ने उसको कई सब्ज़ियां बनाने को कहा और पूछा, "सुना है बैंगन सबसे बढ़िया सब्ज़ी होती है। तुम्हारा क्या विचार है महाराज।"

रसोइये ने कहा, "आप ठीक कहते हैं सेठ जी।"

सेठ फिर बोला, "देखने में भी बैंगन बहुत अच्छा लगता है। इसे

काटने पर बीज ऐसे चमकते हैं, जैसे आकाश में चमकते तारे हों। इसमें बहुत-से गुण हैं।”

रसोइया बोला, “हां जी, आप ठीक कह रहे हैं।”

सेठ ने फिर कहा, “उसका डंठल देखा, लगता है, जैसे राजा ने सिर पर मुकुट पहन रखा हो।”

रसोइया बोला, “हां जी, आप ठीक कह रहे हैं।”

सेठ ने कहा, “अच्छा आज भोजन में बैंगन की सब्ज़ी बनाओ। बहुत बढ़िया बनना चाहिए।”

रसोइया अच्छा जी बोला और चला गया।

रसोइये ने ख़ूब मसाला और चिकनाई डालकर तरीदार सब्ज़ी बनाई। सब्ज़ी में तरी गाढ़ी थी, जिससे इतनी बढ़िया बनी कि सेठ जी अधिक रोटियां खा गए। उनका पेट रात-भर गुड़-गुड़ करता रहा और दर्द से करवटें बदलते रहे। लेटे-लेटे सोचते रहे कि बैंगन की सब्ज़ी से ही यह तकलीफ़ हुई है।

सुबह नहा-धोकर सेठ ने सबसे पहले रसोइये को बुलाया और उससे कहा, “बैंगन की सब्ज़ी तो बहुत ख़राब होती है। रात-भर दर्द होता रहा। बिना सोए पूरी रात बिता दी।”

रसोइया बोला, “हां जी, आप ठीक कह रहे हैं।”

सेठ ने आगे कहा, "मालूम पड़ता है कि बैंगन में कोई भी गुण नहीं है। लोग ऐसे ही कहते हैं कि इसमें बहुत फ़ायदे हैं। बंगाली इसे बेगुन ठीक ही कहता है। सचमुच इसमें एक भी गुण नहीं है।"

रसोइया बोला, "हां जी, आप ठीक कह रहे हैं।"

रसोइये का एक-जैसा जवाब पाकर सेठ जी झल्ला उठे, "क्या हां-जी हां-जी लगा रखा है?" कल भी यही कह रहे थे। तुमको तभी बता देना चाहिए था कि बैंगन ठीक नहीं है। तब मैं क्यों परेशान होता। रात-भर दर्द से करवटें बदलता रहा।"

सेठ जी की बात पर रसोइया थोड़ा तिलमिलाया, लेकिन सधे स्वर में बोला, "सेठ जी, मुझे आपकी हां-में-हां तो मिलानी ही पड़ेगी। आपका विरोध करके अपनी नौकरी थोड़े ही खोनी है। कोई भी हो आपके सामने दूसरे की बढ़ाई नहीं कर सकता और फिर, 'मैं आपका सेवक हूं, बैंगनों का नहीं'।"

रसोइये का जवाब सुनकर सेठ जी चुप हो गए।

चोर चोरी से जाए, हेराफेरी से न जाए

एक चोर था। एक समय उसने ख़ूब चोरी की। ख़ूब धन लूटकर अच्छा-अच्छा खाया, अच्छा-अच्छा पहना। उस समय उसने किसी के दुख-दर्द को नहीं समझा। जिसका भी धन मिला, चोरी कर लिया। उसके पास जैसे पैसा आता था, वैसे ही चला जाता था। चोरी की वजह से घर-परिवार भी छूट गया था।

चोरी करना अब इतना आसान नहीं रह गया था। कभी कुछ मिल जाता, तो कभी ख़ाली लौटता। दाल-रोटी का गुज़ारा भी मुश्किल से हो पाता। एक दिन उसके पास खाने को कुछ भी नहीं था। उधार भी किसी ने नहीं दिया था। इसलिए उस दिन उसे भूखा ही सोना पड़ा। शाम को आंख खुलते ही फिर भूख लग आई। उससे अब और भूखा नहीं रहा गया। इसलिए रात होते ही वह फिर चोरी करने निकल पड़ा। घंटों इधर-उधर घूमता रहा, लेकिन कहीं चोरी का जुगाड़ नहीं बैठा।

आख़िर एक जगह थक-हारकर बैठ गया। बैठे-बैठे बहुत देर तक सोचता रहा।

उसे याद आया कि गांव के बाहर बाबा की कुटी है। उनके यहां कुछ-न-कुछ खाने को अवश्य मिल जाएगा। वहीं कुछ जुड़ा हुआ धन भी मिल सकता है। यह सोचते हुए उठा और कुटिया की ओर चल दिया।

चोर जब कुटिया के दरवाज़े पहुंचा, तो उसे बाबा कुटिया के बाहर टहलते हुए मिले। आमना-सामना हो गया। सामना होते ही चोर सकपका गया। कुछ क्षण चुपचाप खड़ा रहा, फिर उसने बाबा के पैर छू लिए। बाबा ने कहा, "ख़ुश रहो।" थोड़ा रुककर बाबा ने पूछा, "कहो बेटा, इतनी रात में कैसे आना हुआ?"

चोर के मुंह पर जैसे ताला लग गया हो। मुंह से एक शब्द भी नहीं निकला। बाबा समझ गए कि यह घबरा रहा है। कुटिया के बाहर एक तख़्त रखा था। बाबा ने उससे उसी तख़्त पर बैठने के लिए कहा और ख़ुद टहलने लगे।

बाबा अपने गुरुदेव का भोग लगाकर बाहर थोड़ा हवा लेने को निकले थे। थोड़ी देर बाद वह कुटिया में गए उसे भी साथ ले गए। एक आसन डालते हुए उससे कहा, "आकर आसन पर बैठ जाओ।"

वह बैठ गया। उसने देखा कि गुरुदेव के सामने भोजन की थाली रखी हुई है। पास ही एक लोटे में पानी रखा हुआ है। धूप-अगरबत्ती की महक कुटिया में भरी हुई थी। बाबा ने चोर से पूछा, "बेटा, तू भूखा तो नहीं है?"

पहले तो चोर ने सोचा कि मना कर दे, लेकिन भूख से उसकी जान निकली जा रही थी। वह बोला, "हां बाबा, भूख तो ज़ोर से लगी है।"

बाबा ने कहा, "बाहर डोलची में पानी रखा है। हाथ-पैर धोकर आ जाओ।" वह गया और हाथ-पैर धोकर आ बैठा।

बाबा ने एक थाली निकाली और भोग में रखी हुई थाली में से आधा भोजन उसमें परोस दिया और उसके सामने रखते हुए कहा, "लो बेटा, गुरु जी का प्रसाद पाओ।" दूसरी थाली रखकर वह अपने आसन पर बैठ गए और गुरुदेव को प्रणाम करके भोग लगी उस थाली का भोजन खाने लगे।

बाबा ने खाना खाकर सोने की तैयारी की। सोने से पहले उन्होंने कहा, "जाओ बेटा, आराम करो।"

चोर का मन जाने को नहीं चाह रहा था, इसलिए उसने बाबा से कहा, "बाबा, बहुत रात हो गई है। सुबह ही चला जाऊंगा।"

बाबा ने कहा, "अच्छा, सो जाओ तख़्त पर।" वह तख़्त पर जाकर लेट गया।

चोर लेटा-लेटा सोचता रहा, बाबा तो ईश्वर का रूप हैं। यहां तो स्वर्ग समझो। मैं बाबा की चोरी करने आया था। इनका बुरा चाहता था, लेकिन बाबा ने बिना कुछ पूछे भोजन कराया। इतने प्यार से तो कभी घर में भी भोजन नहीं मिला। अब चोरी छोड़कर यहीं रहना चाहिए और बाबा की सेवा करनी चाहिए। दो टाइम की रोटी तो मिलती ही रहेगी।

पाप भी सारे धुल जाएंगे। और अन्त में यह सोचता हुआ सो गया कि अपनी ग़लती की क्षमा मांगकर बाबा की शरण ले लेगा।

सुबह होते ही स्नान करके बाबा ने अपने गुरुदेव का भोग लगाया। इसके बाद बाबा और चोर दोनों ने खाना खाया। खाना खाने के बाद जब बाबा ने उससे जाने के लिए कहा, तो वह फफक-फफककर रोने लगा। बाबा ने पूछा कि क्या बात हो गई?

उसने बाबा के पैर पकड़ लिए और कहने लगा, "बाबा, मुझे क्षमा कर दीजिए। मैं चोर हूं। आपके यहां चोरी करने आया था। आपने बिना कुछ जाने मुझे भोजन कराया और इतना प्यार दिया। ऐसा प्यार मुझे आज तक किसी से नहीं मिला।"

बाबा ने कहा, "बेटा उठो।"

वह रोता रहा, कहता रहा, "जब तक आप क्षमा नहीं करेंगे, मैं पैर नहीं छोड़ूंगा।"

बाबा ने उसे उठाते हुए कहा, "अच्छा, क्षमा किया। अब खड़े हो जाओ।"

वह आंसुओं को पोंछते हुए खड़ा हो गया। कभी भी चोरी न करने का वचन दिया और कहने लगा, "बाबा, मैं अब आपके चरणों में रहकर आपकी सेवा करना चाहता हूं। मैं यहां से अब कहीं नहीं जाऊंगा।"

बाबा को दया आ गई। वह सोचने लगे, चलो, इसी बहाने अगर यह बुराई छोड़ देगा, तो अच्छा रहेगा। यही सोचकर बाबा ने उसे अपने

यहां रख लिया। अब वह बाबा के साथ नियम से उठता, स्नान आदि करके गुरुदेव की पूजा में शामिल होता और बाबा की सेवा करता।

एक बार एक आश्रम से भंडारे का बुलावा आया। बाबा गए, तो उसको भी साथ लेते गए। वह बहुत बड़ा आश्रम था। भंडारे में हज़ारों सन्त, महात्मा, साधु दूर-दूर से आए थे। उस आश्रम में सबके ठहरने की अच्छी व्यवस्था थी। भंडारे का कार्यक्रम कई दिन तक चलना था। आश्रम में जगह-जगह साधु-सन्तों के गुट इधर-उधर बैठे आपस में बतियाते रहते। जब सब लोग पूजा-घर में एक साथ इकट्ठे होते, तो अपनी-अपनी खड़ाऊ बाहर ही उतार जाते।

एक दिन बाबा के उस चेले को मज़ाक़ सूझा। साधु-सन्त पूजा में शामिल थे। सबकी खड़ाऊं बाहर रखी थीं। चेले ने खड़ाऊं के कुछ जोड़ों को बिगाड़ दिया, यानी जोड़ी की एक खड़ाऊं कुछ दूर दूसरी जगह पर रख दी। इस तरह तमाम खड़ाऊंओं की एक खड़ाऊं इधर-उधर हो गई। साधु-सन्त पूजा करके बाहर निकले, तो बहुत परेशान हुए। दूसरे दिन भी साधु-सन्त इसी तरह परेशान होते रहे।

तीसरे दिन वह पकड़ा गया। पूछने पर पता चला कि यह अमुक बाबा का चेला है। उसे उस बाबा के पास ले जाया गया। बाबा को अपने चेले की करतूत पर बड़ा दुख हुआ और वह कहने लगे, "चोर चोरी से जाए, हेराफेरी से न जाए।"

भानमती ने कुनबा जोड़ा

भानमती नाम की एक राजकुमारी थी। उसने नगर के बाहर एक महल बनवाया, जिसमें आश्रम की तरह लोगों के रहने की जगहें बनाई गई थीं। पशु-पक्षियों के विहार के लिए भी तरह-तरह के स्थल बनाए गए थे। उसको बनवाने के लिए कई जगह से पत्थर मंगवाए गए थे। उस महल में कहीं पाठशालाएं थीं, तो कहीं जन्तर-मन्तर पढ़ने की वेदियां। कहीं जगह-जगह कुटियां थीं, तो कहीं आने वालों के लिए सुन्दर भवन। बाहर से देखने में भी महल अनोखा लगता था। दीवार कहीं नीची, तो कहीं ऊंची। कहीं ईंटों की दीवारें थीं, तो कहीं पत्थरों की। किसी दरवाज़े पर एक कंगूरा था,

तो किसी पर दो और किसी पर एक भी नहीं था। बेतरतीब बना था उसका महल।

महल में दूर-दूर से जादूगर, ज्योतिषी, खगोलशास्त्री, नज़र बांधने वाले मदारी, बाज़ीगर झाड़-फूंक करने वाले ओझा, फ़क़ीर, साधु जैसे तरह-तरह के लोग आकर बस गए थे। महल में तरह-तरह के प्रयोग और प्रशिक्षण चलते रहते और लोगों का इलाज भी किया जाता था। उसमें एक हिस्सा ऐसा भी था, जिसमें मैना, तोता, बुलबुल, कबूतर, उल्लू, कौआ, बाज जैसे पक्षियों को रखा गया था। इन पक्षियों को बोलने का प्रशिक्षण दिया जाता था। इसी प्रकार गधा, बिल्ली, कुत्ता, सेई, गीदड़, बक़री, गाय, शेर, घोड़ा तमाम तरह के जानवरों को रखा गया था।

आए दिन इस महल से तरह-तरह की ख़बरें निकला करती थीं। झाड़-फूंक द्वारा उपचार के लिए मुनादी पिटती रहती थी। तरह-तरह के जानवरों को उस महल में आते-जाते देखा जाता था। उस नगर के लोग तथा अन्य नगरों से आने वाले इस महल में बसी हुई दुनिया को अद्भुत तरीक़े से लिया करते थे।

महल में तरह-तरह की प्रतियोगिताएं चलती रहती थीं। एक बार प्रतियोगिताएं चल रही थीं। लोग तरह-तरह के कपड़ों में हर प्रकार के जानवरों और पक्षियों के साथ वहां आ-जा रहे थे। लोगों को यह सब देखकर अजीब-सा लग रहा था। इस तरह का सिलसिला जब होता था, तो नगर के लोग देखने के लिए महल के दरवाज़े पर इकट्ठे हो जाते थे। इस बार भी लोग दरवाज़े पर ही इकट्ठे थे। आपस में ख़ूब बातें कर रहे थे। कोई कहता कि इस राजकुमारी को क्या सूझा है? राज

का सुख छोड़कर इस इन्द्रजाल में फंस गई है। कोई कहता कि इसमें इसे क्या परेशानी है? सब ख़र्च राजा के यहां से मिलता रहता है। कोई कहता कि इसे क्या हो गया? राजघराना छोड़कर इन ऊटपटांग लोगों, जानवरों और पक्षियों में रहती है। जाने कहां-कहां से लाकर उसने महल में बसा लिए हैं। कोई कहता कि इन सबको एक परिवार की तरह पालती है। ये सब एक परिवार की तरह रहते हैं।

एक आदमी सबकी बातें सुन रहा था। वह बोला, "कहीं की ईंट, कहीं का रोड़ा। भानमती ने कुनबा जोड़ा।"

सब लोगों के मुंह से निकला कि ठीक कहते हो भैया तुम।

सुखी रहो जिजमान, हिये की दोनों फूटें

एक नगर में एक साहूकार था। उसके पास बहुत धन-दौलत थी। पिता बहुत बूढ़े थे। कुछ दिनों बाद वह चल बसे। पूरा घर शोक में डूब गया। हालांकि साहूकार का परिवार भरा-पूरा था, फिर भी वह अकेला महसूस करता था। बुजुर्ग पिता साहूकार को व्यापार करने के तौर-तरीक़े की बातें समझाते रहते थे। पिता के कारण ही साहूकार को नगर के भले लोगों का सम्मान मिलता रहता था।

साहूकार ने अपने पिता के साथियों के साथ सम्बन्ध लगभग समाप्त कर लिए थे। कुछ लोग थे, जिनसे उसने सम्पर्क बनाए रखा था। वह अपने पिता की तरह खुले दिल का नहीं था। वह सिर्फ़ मतलब से काम रखता था और मान-बढ़ाई के चक्कर में पैसे बर्बाद नहीं करता था। उसने उन लोगों के यहां आना-जाना भी बन्द कर दिया था। आते-जाते रास्ते में यदि कोई मिल जाता, तो नमस्कार अवश्य कर लेता था।

एक दिन साहूकार को रास्ते में चौबे जी मिल गए। जब साहूकार ने चौबे जी को नमस्कार किया, तो उन्होंने नमस्कार तो लिया, लेकिन साथ ही एक शिकायत भी जड़ दी। चौबे जी ने कहा, कई पीढ़ियों से हम लोग आपके यहां पुरोहिताई करते आ रहे हैं। शादी-विवाह, तीज-त्योहार के अवसरों पर भी जिजमानी करते हैं। आपने तो बिल्कुल भुला दिया।"

साहूकार के पिता की तेरहवीं में तो चौबी जी आए थे। उसके बाद क़रीब दस महीने हो गए। उन्हें बुलाया नहीं गया। दो महीने बाद श्राद्ध के दिन आने वाले थे। साहूकार ने सोचा कि श्राद्ध में किसी-न-किसी को तो बुलाना ही है। इन्हें आने के लिए कह दो। यह सोचकर साहूकार ने कहा, "अच्छा, ध्यान रखेंगे।" और आगे बढ़ गया।

दो महीने बाद साहूकार के पिता के श्राद्ध का दिन आ गया। एक दिन पहले साहूकार ने चौबे जी के पास बुलावा भेज दिया था। श्राद्ध के दिन वह आ गए। श्राद्ध-पूजन होने के बाद साहूकार ने चौबे जी को भोजन परोसा। एक थाली में पूरियां और छोटी-छोटी चार कटोरियों में खीर, रायता, सब्ज़ियां थीं। थाली को पंडित के सामने रखते हुए साहूकार बोला, "खाना बहुत बढ़िया बना है चौबे जी। यह थाली मेरे पिता जी की ख़रीदी हुई है।"

थाली में परोसे गए भोजन को देखकर चौबे जी का दिल जल गया। उनकी ख़ुराक तो दो सेर आटे की पूरियों की थी और जो भोजन सामने रखा था, चौबे के लिए ऊंट के मुंह में जीरे के समान था। पंडित भोजन करते हुए मन में सोच रहे थे, जैसा तू भोजन कराएगा, वैसा ही आशीर्वाद पाएगा।

खाना खिलाते समय साहूकार ने दो-तीन बार दो-दो पूरियां और रखीं। चौबे जी खाना खाकर उठ खड़े हुए। दान में मिला सामान अंगोछे में बांधकर चलने को तैयार हुए। साहूकार ने उनसे कहा, "चौबे जी, आशीर्वाद तो देते जाओ।"

इतना सुनते ही चौबे जी के पतंगे लग गए। बुरा-सा मुंह बनाकर बोले –

"सुखी रहो जिजमान, हिये की दोनों फूटें।
घोटुन के बल चलो, दांत बत्तीसों टूटे।"

इतना सुनते ही साहूकार का चेहरा फीका पड़ गया। दुखी आवाज़ में बोला, "पंडित जी यह कैसा आशीर्वाद दे दिया। लोग तो लम्बी आयु का आशीर्वाद देते हैं।"

चौबे जी बोले, "मैंने लम्बी आयु का ही तो आशीर्वाद दिया है। सौ-सवा सौ साल जिओगे जिजमान।"

साहूकार बोला, "चौबे जी, आपने तो आंखें फूटने, दांत टूटने और पैरों के टूटने की बात कही है।"

चौबे जी थोड़ा मुस्कुराते हुए बोले, "यही तो है लम्बी आयु। बुढ़ापा आने पर ही तो दीखना बन्द होता है, दांत एक नहीं रहता और शरीर में भी जान नहीं रह जाती। तभी तो वह घुटनों के बल चलता है। यह स्थिति सौ वर्ष की आयु के आस-पास होती है। मैंने तुम्हें तो सौ वर्ष से अधिक जीने का आशीर्वाद दिया है।"

साहूकार चौबे जी को देखता ही रह गया।

रोज़ी है तो रोज़ा है

असलम अपने परिवार में सबसे बड़ा लड़का था। दो भाई और दो बहनें छोटी थीं। उसके पिता बुड्ढे हो गए थे। इसलिए उनसे काम कम होता था, लेकिन अब भी परिवार का पालन-पोषण असलम के पिता ही कर रहे थे। असलम बिल्कुल नाकारा था। इधर-उधर बैठकर समय काटता था। उसका विवाह हो गया था और दो बच्चे भी थे। ख़र्चे को लेकर कई बार बाप-बेटे में तू-तू, मैं-मैं हो जाती थी। कई बार असलम को घर से अलग किया जा चुका था, लेकिन असलम के बच्चों का बुरा हाल होते देखकर बार-बार साथ रख लिया जाता था। किसी तरह घर की गाड़ी घिसट रही थी।

असलम को मोहल्ले के बुजुर्ग और रिश्तेदार भी समझाते रहते थे। सबका यही कहना होता कि तुम्हारे पिता घर का ख़र्चा अब नहीं उठा पा रहे हैं। उनके अलावा घर में कोई दूसरा सहारा देने वाला नहीं है। तुम सहारा देने लायक़ हो, लेकिन कुछ करते ही नहीं। अपना बोझ भी ख़ुद नहीं उठा पाते। छोटे भाई-बहनों के विवाह भी होने हैं। यह सब

कैसे होगा? इन सब बातों के बारे में कभी सोचा। ख़ुदा न करे कहीं तुम्हारे पिता को कुछ हो जाए, तब क्या होगा? अभी कमाने की तुम्हारी आदत नहीं बनी है, आगे तो बहुत मुश्किल हो जाएगा। कम-से-कम खाना-पहनाना सबके लिए ज़रूरी होता है।

रोज़ों के दिन चल रहे थे। चारों ओर चहल-पहल और ख़ुशी का वातावरण छाया था। रोज़ों का एक सप्ताह बीत चुका था। सुबह चार बजे उठना। नहा-धोकर थोड़ा कुछ खा लेना। पूरे दिन यूं ही रहना और शाम को मनचाहा भोजन बनाकर खाना – सबकी दिनचर्या थी, लेकिन असलम का ही एक ऐसा परिवार था कि रोज़े के न रखते, फिर भी जैसे रोज़े से ही रहते। रोज़ों के दिनों में अच्छा खाना तो छोड़िए, दाल-रोटी भी नसीब नहीं हो पा रही थी। रोज़े रखना, न रखना सब बराबर था।

रोज़े के दिनों में ही असलम के यहां उसके चाचा, ख़ाला, भाई, फूफा और फूफी मिलने आ गए। सब लोग असलम को समझा रहे थे। उसका फूफा कह रहा था, "देखो, असलम, लोगों के यहां रोज़े रखे जा रहे हैं। तुम्हारे यहां तो रोज़मर्रा की तरह घर में भोजन नसीब नहीं है, फिर रोज़ों में तो अच्छा भोजन बनता है। अच्छा भोजन तब ही बनेगा जब घर में पैसे होंगे। घर में पैसे तब होंगे, जब कोई काम करोगे।"

उसके चाचा ने बीच में कहा, "तेरे फूफा ठीक ही कह रहे हैं – 'रोज़ी है तो रोज़ा है।"

असलम सिर झुकाए सुनता रहा। उसकी कुछ-कुछ समझ में आ रहा था।

मरी बछिया बामन के सिर

एक गांव में एक सरपंच था। वह सम्पन्न तो था, लेकिन कुछ कंजूस भी था। उसका एक ही लड़का था। वह कामचोर और झगड़ालू था। जब विवाह योग्य हुआ, तो सरपंच को चिन्ता होने लगी। बहुत कोशिश करने के पश्चात भी उसका विवाह नहीं हो पा रहा था। जब कोई उसके लड़के को देखने आता, तो गांव के लोग लड़की वाले के कान भर देते। कुछ लड़की वालों को गांव में आने के पहले लड़के के बारे में पता चल जाता था और उनकी आने की मनाही आ जाती थी।

एक दिन वह पास के गांव में गया। वहां उसके एक रिश्तेदार के यहां कथा थी। रिश्तेदार ने उसकी जान-पहचान कथावाचक पंडित से कराई। उससे कहा, "यह हमारे रिश्तेदार हैं। पास के गांव के सरपंच हैं। बस, एक ही बात से दुखी हैं। इनके लड़के का विवाह नहीं हो पा रहा है।"

पंडित जी ने तुरन्त कहा, "आप कथा करवाओ सरपंच जी, फिर आपके लड़के की शादी बहुत जल्दी हो जाएगी।"

लेकिन सरपंच बहुत होशियार था। इसलिए उसने तुरन्त उत्तर दिया, “पंडित जी, शादी होने के बाद कथा करा दूंगा।”

पंडित जी समझ गए कि सरपंच बहुत चालाक है। अगर उसके लड़के के भाग्य में विवाह हुआ, तो हो जाएगा। यदि ऐसा हुआ, तो मुझे एक यजमान मिल जाएगा। हां, कहने में लाभ ही है। यह सोचते हुए पंडित ने कहा, “ज़रूर हो जाएगा। उसके बाद ही कथा करवा लेना।”

कुछ दिन बाद एक लड़की वाले की मुलाक़ात कथावाचक से हुई। वह बहुत दुखी था। उसने पंडित से कहा, “पंडित जी, अपनी लड़की के लिए लड़का ढूंढ़ते-ढूंढ़ते मैं हार चुका हूं। अब कैसा भी, कहीं भी लड़का मिलेगा, मैं विवाह कर दूंगा।”

पंडित जी को उस सरपंच के लड़के की याद आ गई, जिसकी शादी नहीं हो पा रही थी। पंडित जी ने उसे उस सरपंच के यहां भेज दिया। संयोग था, उसके लड़के का सम्बन्ध पक्का हो गया। उसके बाद सरपंच ने उसी पंडित को कथा करने के लिए बुलवाया, जिसने लड़की वाले को उसके यहां भेजा था।

पंडित जी ने बड़ी प्रसन्नता के साथ उसके यहां कथा कही। उस कथा में गांव के लोग तथा कुछ रिश्तेदार भी आए थे। वह रिश्तेदार भी आया था, जिसने पंडित जी की मुलाक़ात सरपंच से करवाई थी। पंडित को यजमानी देते समय कंजूसी करने पर रिश्तेदार ने कह-सुनकर अधिक दिलवाया। सरपंच के पास एक बछिया थी। बछिया कमज़ोर थी और बीमार भी लगती थी। उसने सोचा, यह बछिया पंडित को दान में दे दे। एक तो परेशानी दूर हो जाएगी और लोग समझेंगे कि बछिया

यजमानी में दी गई है। जाते समय पंडित को बछिया देते हुए सरपंच ने कहा, “लो पंडित जी, यह बछिया यजमानी में दी है।”

बछिया जैसी भी थी, पंडित को मिल रही थी। उसके लिए कुछ चुकाना तो था नहीं। इसलिए न चाहते हुए भी पंडित जी ने बछिया तो ले ली। सरपंच के पड़ोस के गांव के रिश्तेदार को बुरा लगा। वह बड़ा मुंहफट था। इसलिए उसने तुरन्त कह दिया, “मरी बछिया बामन के सिर।”

कांधे धनुष हाथ में बाना, कहां चले दिल्ली सुल्ताना

एक धुनिया था। एक बार उस पर फ़ाक़े के दिन आ गए। उसे अपने गांव में रुई की धुनाई का काम कम मिलने लगा। वह आस-पास के गांवों में भी काम तलाशता रहता।

एक गांव से आने वाले लोगों ने कहा कि हमारे गांव में धुनाई का काम बहुत है। कुछ दिनों के लिए आ जाओ। अब धुनिया के लिए दो ही रास्ते थे या तो वह रुई की धुनाई का काम छोड़कर कोई दूसरा काम करे या कुछ दिन के लिए पास के गांव में जाकर काम करने लगे।

पास के गांव जाने से वह इसलिए भी कतरा रहा था कि वहां का रास्ता जंगल में होकर जाता था। शेर, चीता, तेंदुआ आदि ख़तरनाक जानवर मिल सकते थे। जान जोखिम में पड़ सकती थी। उसने सोचा, काम न मिलने के कारण यहां भी मर ही रहे हैं। यदि जंगली जानवर के हाथों ही मरना है, तो मर जाएंगे, नहीं तो कमाकर लाएंगे।

एक दिन धुनिया ने उस गांव में जाने की तैयारी कर ली। उसने कमान की तरह लम्बी धुन की संभाली। उसमें नई तांत की डोरी कसी। तांत में मारने के लिए एक धुनका लिया, और एक लम्बी और पतली बांस की संटी ली। एक थैले में कपड़ा, लोटा जैसी आवश्यक चीज़ें लीं और चल दिया।

धुनिया अपनी धुन में जंगल के रास्ते पर चला जा रहा था। झाड़ियों से जैसे ही कोई पक्षी फुर्र से उड़ता, तो धुनिया के रोंगटे खड़े हो जाते। जब आधे से अधिक जंगल का रास्ता पार कर लिया, तो धुनिया का सामना एक जानवर से हो गया। वह जानवर गीदड़ था। धुनिया को जानवरों की पहचान नहीं थी। इसलिए उसे ख़तरनाक जानवर समझकर डर गया। गीदड़ ने भी धुनिया को समझने में ग़लती की। उसने धुनकी और बांस की संटी को धनुष-बाण समझ लिया। इतना बड़ा धनुष-बाण लिए कोई बड़ा शिकारी ही मालूम पड़ता है।

इस प्रकार गीदड़ भी धुनिया को देखकर घबरा गया। दोनों का रास्ता एक था। किसी ने भी भागने की कोशिश नहीं की। दोनों ने सोचा कि यदि भागने की कोशिश की, तो मारे जाएंगे।

जैसे ही दस-बारह क़दम पर आए, तो गीदड़ ने बचने के लिए धुनिया की तारीफ़ कर डाली। गीदड़ ने धुनिया से कहा, "कांधे धनुष हाथ में बाना, कहां चले दिल्ली सुल्ताना।"

इतना सुनते ही धुनिया की जान में जान आई, फिर भी उसे ख़तरा तो बना ही हुआ था।

इसलिए उसने भी गीदड़ की प्रशंसा करते हुए कहा,

"बन के राव विकट के राना।
बड़ेन की बात बड़े ही जाना।"

इसके बाद दोनों का भय समाप्त हो गया और अपने-अपने रास्ते पर आगे बढ़ गए।

काम प्यारा है, चाम प्यारा नहीं

एक परिवार में दो लड़के थे। एक सांवला था और दूसरा गोरा। सांवला लड़का हमेशा ख़ुश रहता था। उससे जो भी काम के लिए कहता, तो वह दौड़कर कर देता। यदि पड़ोसी भी कहता कि बेटा, ज़रा यह चीज़ ला देना, तो वह दौड़कर ले आता। कोई वृद्ध महिला या पुरुष कहता कि बेटा, यह बाल्टी घर पर रख आना, तो वह उसके घर रख आता। सभी उससे प्यार करते। यदि कोई खाने की अच्छी चीज़ बनाता या ख़रीदकर लाता तो उसे थोड़ा ज़रूर देता। घर में वह अपनी मां, ताई, दादी किसी का भी कहा नहीं टालता था। घर-बाहर के सभी कहते कि लड़का बहुत अच्छा है।

दूसरा लड़का अपने रंग पर इतराता था। मोहल्ले का कोई भी उससे काम के लिए कहता, तो वह मना कर देता और कहता, "मैं तुम्हारा नौकर हूं, जो काम करूं?" किसी बूढ़े को भी किसी तरह का सहयोग

नहीं देता था। वह अपने घर का काम भी करने से कतराता था। उसकी मां काम के लिए कहती, तो वह सीधे-सीधे मना कर देता और कह देता कि ख़ुद कर लो। घर के अन्य लोगों को भी इसी प्रकार का उत्तर दे देता था। उससे घर का कोई भी ख़ुश नहीं रहता था।

वह लड़का सदैव अपने सांवले चचेरे भाई से जलता था। इस बात से हमेशा दुखी रहता कि मोहल्ले वाले मुझे प्यार क्यों नहीं करते, जब कि मैं उससे अधिक सुन्दर हूं। इसी प्रकार परिवार के लोगों से भी उखड़ा-उखड़ा रहता और सोचता कि घरवाले भी उसी को अधिक प्यार करते हैं। खाने-पीने की चीज़ें भी वह अधिक पा जाता है। घरवाले कभी उसकी पिटाई नहीं करते। मुझे घर के लोग कभी भी पीट देते हैं।

एक दिन उसने तय किया कि इसका कारण मां से पूछूंगा। मौक़ा पाते ही उसने पूछा, "अम्मा, एक बात बताओ, मैं सुन्दर हूं। काला-कलूटा भी नहीं हूं। किसी को गाली नहीं देता। किसी से लड़ाई-झगड़ा भी नहीं करता, फिर भी मुझे न मोहल्ले वाले प्यार करते हैं और न ही घरवाले।" इस पर मां ने कहा, "क्या कभी तू किसी का काम करता है, जो तुझे कोई प्यार करे? जब भी कोई काम के लिए कहता है, तो तू कहता है कि मैं नहीं करता। अपने-आप कर लो। मैं कोई नौकर थोड़े ही हूं। तेरा कौन नौकर है, जो तुझसे प्यार करेगा?"

मां की बात सुनकर वह बोला, "उस काले-कलूटे को सब प्यार करते हैं। तू भी उसे प्यार करती है।"

उसकी मां बीच में बात काटकर कहने लगी, "तुझे शर्म नहीं आती उसे काला-कलूटा कहते हुए। ज़रा सोच, उसे सब प्यार क्यों करते हैं?

तू अपनी गोरी चमड़ी पर गुमान करता है। इस गोरी चमड़ी का क्या करेगा? इससे काम नहीं होता। तू नहीं समझता, तो सुन ले। 'काम प्यारा है, चाम प्यारा नहीं'।"

यह सुनकर उसका चेहरा शर्म से झुक गया।

सब दुर्बल को ही सताते हैं

पांडव बारह वर्ष का अज्ञातवास बिता रहे थे। जंगल-जंगल छिपकर रह रहे थे। जहां-जहां पहुंचते, वहां-वहां रहने-खाने की नई व्यवस्था बनानी पड़ती। अज्ञातवास के समय ही श्रीकृष्ण जी पांडवों से मिलने गए। पांडव लोग नई जगह पर आए थे। वे खाना बनाने के लिए चूल्हे की जुगाड़ में लगे थे। उस समय पांचों पांडव ब्राह्मणों का भेस बनाए हुए थे। वन से लगे गांवों से भिक्षा में मांगकर लाए गए आटे से अपने भोजन की व्यवस्था करते थे। श्रीकृष्ण भी उनके पास दूसरे भेस में ही पहुंचे थे। उस समय वे वन के पूर्वी किनारे पर थे। वहां से लगभग एक कोस की दूरी पर एक पुराना नगर बसा हुआ था।

चूल्हा बनाने के लिए ईंटों की आवश्यकता थी। युधिष्ठिर ने नकुल और सहदेव से ईंटें लाने के लिए कहा। दोनों ईंटें लेने चल दिए। वे नगर के बाहरी क्षेत्र में घूमते रहे। पक्के मकान बने थे। उनमें से पक्की ईंटें निकालने का साहस नहीं हुआ। अलग से कहीं रखी हुई ईंटें दिखाई

नहीं दीं। किसी ग़रीब का टूटा हुआ मकान मिला। सहदेव ने कहा, "भैया, इसी दीवार में से कुछ ईंटें निकाल लेते हैं।"

नकुल ने कहा, "नहीं सहदेव, किसी ग़रीब की हानि नहीं करनी चाहिए। बाद में इसकी दीवार गिर सकती है।"

सहदेव ने कहा, "तो क्या करना चाहिए?"

नकुल ने कहा, "चलो, और घूमते हैं।"

दोनों भाई आगे बढ़ गए। नगर का पूरा चक्कर लगा लिया। ऐसी ईंटें कहीं नहीं मिलीं, जिन्हें उठाया जा सकता था। वे टूटे मक़ान से ईंटें निकाल नहीं सके। अन्त में वे ख़ाली हाथ वापस लौट आए। जब दोनों को ख़ाली हाथ देखा, तो सब लोग अचरज में पड़ गए। उन्होंने युधिष्ठिर से कहा कि हमें ईंटें नहीं मिलीं। तब श्रीकृष्ण ने कहा कि ईंटें मैं लाता हूं। श्रीकृष्ण ने भीम को साथ लिया और चल दिए।

श्रीकृष्ण और भीम भी उसी नगर का पूरा चक्कर लगा आए। अन्त में वे उसी ग़रीब के टूटे हुए मकान के पास पहुंचे। श्रीकृष्ण ने कहा इसी टूटी दीवार में से ईंटें निकाल लेते हैं।

एक बार भीम ने श्रीकृष्ण को देखा और कहा, "प्रभु, ग़रीब को और क्यों परेशान करते हो?" श्रीकृष्ण ने कहा, "किसी के अच्छे मकान से ईंटें कैसे निकालेंगे? लोग कहेंगे कि ये चोर दिन-दहाड़े सेंध लगा रहे हैं। वह लड़ मरेगा।" फिर भीम ने उसी दीवार से आठ-दस ईंटें निकाल लीं। दोनों ईंटें लेकर चल दिए।

जब ईंटें लेकर पहुंचे तो नकुल और सहदेव को आश्चर्य हुआ। सहदेव ने पूछ लिया, "भैया, ईंटें कहां से लाए हो?"

भीम जब तक सोचते कि क्या उत्तर दूं, उसके पहले ही श्रीकृष्ण ने उत्तर देते हुए कहा, "वहां एक टूटी दीवार थी। उसी में से निकाल लाए हैं।"

नकुल और सहदेव दोनों युधिष्ठिर की ओर देखने लगे। नकुल ने कहा, "आप भी उस ग़रीब के बिगड़े को और बिगाड़कर आए हैं।" युधिष्ठिर ने मुस्कुराते हुए कहा, "सब दुर्बल को ही सताते हैं।"

यह बात सुनकर श्रीकृष्ण मुस्कुरा दिए।

पढ़े फ़ारसी बेचे तेल, यह देखो क़िस्मत के खेल

एक नगर में एक तेली था। वह तेल का अपना पुश्तैनी धन्धा करता था। उसकी नगर के कुछ ख़ास लोगों से जान-पहचान थी। तेली के एक लड़का था। उसकी इच्छा थी कि लड़का पढ़-लिखकर अच्छा इंसान बने। कुछ ख़ास लोगों ने लड़के को फ़ारसी शिक्षा दिलाने की राय दी। उसने धीरे-धीरे ख़ास लोगों से अपने लड़के को मिलाया। लड़का होशियार था। साथियों ने लड़के की पढ़ाई के लिए एक मौलवी से मुलाक़ात करवाई। मौलवी लड़के को पढ़ाने लगा। कुछ सालों में लड़का फ़ारसी भाषा का अच्छा जानकार बन गया।

तेली का लड़का चालाक क़िस्म का था। वह एक फ़ारस के व्यापारी के साथ रहने लगा और उसके व्यापार में हाथ बंटाने लगा। कुछ दिनों बाद तेली ने लड़के के साथ मिलकर नया रोज़गार शुरू किया।

धन्धा अच्छा चला, तो तेली का रहन-सहन बदल गया। कमाई से अच्छा मकान बनवा लिया। मोहल्ले के लोग उसे सेठ कहने लगे। एक समय ऐसा आया कि जब तेली को उस धन्धे में बहुत बड़ा घाटा हो गया। मकान तक रहने के लिए न रहा, वह फिर पहले जैसे मामूली मकान में रहने लगा। उसके पास इतना भी पैसा नहीं बचा था कि अपना पुराना धन्धा पहले की तरह शुरू कर लेता। फ़ारसी पढ़ा होने पर भी उसके लड़के को किसी राज-दरबार में नौकरी नहीं मिल सकी।

वह बचपन में अपने पिता के साथ तेल के काम में सहयोग करता था। उसे तेल के धन्धे की पूरी जानकारी थी। इसलिए लड़के ने अपना पुराना काम करना ही तय किया, क्योंकि उसके बाल-बच्चे भी थे। पूरे परिवार का बोझ उसी पर आ पड़ा था। नहीं करता तो भूखे मरने की नौबत आ जाती।

सबसे पहले वह अपने घर के बाहर ही एक तेल हंडा रखकर बैठ गया। कई दिन तक एक ग्राहक भी नहीं आया। पास के लोग आए

नहीं और दूरदराज़ के लोगों को जानकारी नहीं थी कि उसने दोबारा तेल बेचना शुरू कर दिया है। अन्त में उसने गलियों में फेरी लगाकर तेल बेचने की योजना बनाई।

एक दिन उसने कुप्पी में तेल भरा और उसमें परी लटकाकर घर से निकल गया। उसने तेल बेचने के लिए आवाज़ लगानी शुरू कर दी। इस प्रकार उसकी दाल-रोटी का ख़र्चा आने लगा। उसे तेल बेचते देखकर लोग आपस में तरह-तरह की बातें करते। कोई कहता कि देखो यह कल क्या था और आज क्या हो गया? मोहल्ले में इसका इस वजह से सम्मान था कि वह राज-दरबार की कामकाजी फ़ारसी भाषा का जानकार था। लोग जब उसे तेल बेचने के लिए फेरी लगाते देखते, तो आपस में बातें करते। कोई कहता, "यह है – 'पढ़े फ़ारसी बेचे तेल, यह देखो क़िस्मत के खेल।"

तेली का तेल जले, मशालची का प्राण जले

एक बारात जा रही थी। बारात जाने का रास्ता खेतों और गांवों से होकर गुज़रता था। बारात में बैलगाड़ियां, घोड़े और शेष बाराती पैदल चल रहे थे। चूंकि बारात दोपहर को चली थी। रास्ता पैदल का था। इसलिए दिन रास्ते में ही डूब गया। मशालची बारात के साथ ही था। मशाल जला दी गई थी और मशालची रास्ता दिखाते हुए चल रहा था। रास्ता दिखाने के लिए वह कभी आगे आता था, कभी बीच में। मशाल ऊंची करने के लिए उसे अपना हाथ ऊपर उठाना पड़ता। जब मशालची की बांह थक जाती, तो वह मशाल को दूसरे हाथ में ले लेता था।

बारात में तेली भी लाया गया था। उसके पास तेल रहता था। दूल्हे के बाप का तेली से कहना था कि मशाल की रोशनी धीमी होने लगे, तो उसमें तेल डाल दो। इस तरह जब भी मशाल का तेल समाप्त होने को होता, तेली उसमें तेल डाल देता।

रात के क़रीब नौ बजे बारात पहुंची। चूंकि बारात देरी से पहुंची थी, इसलिए लड़की वाले तुरन्त आ गए। उन्होंने कहा कि आप लोगों ने पहले से ही बहुत देर कर दी है, इसलिए बारात तुरन्त ले चलो। फिर क्या था? जनवासे में बारातियों ने अपना सामान रखा, कपड़े बदले और चल दी बारात। जब बारात चली, तो फिर चल दिया मशालची बारात के साथ। थका हुआ तो वह पहले ही था। वह सोचता जा रहा था कि बारात जल्दी लड़की वाले के दरवाज़े पर पहुंचे। या तेल समाप्त हो जाए, तो मशाल बुझ जाएगी, फिर हाथ ऊपर नहीं उठाने पड़ेंगे। वह बहुत थक गया था। जितनी मज़दूरी मिलती, उससे अधिक मेहनत कर चुका था। जब मशाल बुझने को होती, तो तेली आकर मशाल में तेल डाल देता। मशालची जल-भुनकर रह जाता। मन-ही-मन वह बड़बड़ाने लगता, 'अगर बीमार हो गया, तो न कोई खाने को पैसे देगा, और न दवा ही दिलवाएगा। ख़ुद ही मरना-खपना पड़ेगा।'

तेली की भी मजबूरी थी। उसे इसी काम की मज़दूरी मिलेगी। जब तक बारात वाले को मशाल की रोशनी की ज़रूरत होगी, तब तक मशाल में तेल डालते रहना पड़ेगा। मशाल पकड़ने वाला एक और होता, तो मशालची को थोड़ी राहत मिलती रहती। उसमें अब फुर्ती नहीं रही थी। बाराती भी उसको छेड़ते चल रहे थे। वह बड़बड़ाता चल रहा था। एक बाराती ने ज़ोर से कह दिया, "तेल तो तेली का ख़र्च हो रहा है, इसका क्या जाता है।"

दूसरा बाराती बोला, "भई, मशाल को ऊपर उठाते-उठाते हाथ तो थकते ही हैं। मशाल की बदली करने के लिए दूसरा आदमी और होना चाहिए था।"

बारातियों के बीच से एक ने कहा, “सब लोग बेकार की बातें कर रहे हैं। असली बात यह है कि ‘तेली का तेल जले, मशालची का प्राण जले’।”

उस बाराती की बात सुनकर मशालची तड़पकर रह गया और बाराती हंसने लगे।

●●●

बच्चों के लिए कहावतें और उनके प्रयोग

अंगूठा दिखाना : कुछ करने से मना करना।
भारत को आशा थी कि पाकिस्तान मुंबई के आतंकी हमलावरों को दंड देगा, लेकिन पाकिस्तान ने अंगूठा दिखा दिया।

अंगूर खट्टे होना : पहुंच से बाहर होना।
जिसमें होसला नहीं, उसे हमेशा अंगूर खट्टे लगते हैं।

अंट-शंट बकना : बेकार की बातें करना।
जब तुम खेल में हार जाते हो, तो अंट-शंट बकने लगते हो।

अंधों में काना राजा : कमज़ोरों में थोड़ी समझ वाला भी ठीक।
सुधीर मामूली-सा करके ही अंधों में काना राजा बन जाता है।

अच्छा बोओ, अच्छा काटो : अच्छे काम का अच्छा फल मिलना।
परिश्रम करो, तो अच्छे नम्बरों से पास होगे। अच्छा बोओगे, तो अच्छा ही काटोगे।

आसमान छूना : रेकार्ड बनाना।
सचिन ने एक पारी में दस छक्के लगाकर आसमान छू लिया।

उछल-कूद करना : मौज-मस्ती करना।
छोटे बच्चे छुट्टी के दिन बहुत उछल-कूद मचाते हैं।

ऐंठ दिखाना : अकड़ दिखाना।
दुल्ला पहलवान बार-बार हारता है, फिर भी ऐंठ दिखाता रहता है।

उल्लू बनाना : मूर्ख बनाकर काम निकालना।
टोनी हमेशा क्लास में दूसरों को उल्लू बनाकर अपना काम निकालता रहता है।

कमर कसना : तैयार होना।
परमजीत ने अबकी बार फ़र्स्ट आने के लिए कमर कस ली।

कांव कांव करना : शोर मचाना।
छोटे बच्चे क्लास में टीचर न हो, तो बुरी तरह कांव-कांव करने लगते हैं।

कान भरना : किसी के विरोध में बोलना।
छुन्नू मेरी मम्मी के कान भरता रहता है। मुझे बहुत बुरा लगता है।

गधा बनाना : मूर्ख बनाना।
फ़र्स्ट अप्रैल को एक-दूसरे को गधा बनाने में बड़ा मज़ा आता है।

चट कर जाना : तुरंत खा जाना।
राहुल पाव-भर रसगुल्ले मिनटों में चट कर जाता है।

छोटा मुंह - बड़ी बात : बढ़-चढ़ कर बोलना।
पाकिस्तान में इतना दम नहीं, पर हेकड़ी ऐसी दिखाता है, जैसे छोटा मुंह-बड़ी बात।

दूर भागना : जी चुराना।
राहुल हमेशा पढ़ाई से दूर भागता है।

नाक में दम करना : बहुत परेशान करना।
बच्चे घर में उधम मचाकर बड़ों की नाक में दम कर देते हैं।

कान काटना : तेज़ी दिखाना।
जगदीश बाइक-रेस में अच्छे-अच्छों के कान काट लेता है।

चरण चूमना : झुकना।
प्रत्येक क्रांतिकारी भारत माता के चरण चूमता था।

चार चांद लगना : सुन्दरता बढ़ाना।
शीला नें अपनी पेंटिग में रंगों का ऐसा मिलान किया कि चार चांद लगा दिए।

चारों खाने चित गिरना : हार जाना।
धीरू पहलवान दंगल में चारों खाने चित हो गया।

छककर खाना : पेट भर भोजन करना।
पांडे जी हर भोज में छककर खाते और डकारें लेते लौटते हैं।

•••